Bibliografische Information der Deutschen Nationalbibliothek:

Die Deutsche Nationalbibliothek verzeichnet diese Publi-
kation in der Deutschen Nationalbibliografie; detaillierte
Daten sind im

Internet über http://dnb.dnb.de abrufbar.

Herstellung und Verlag:
BoD - Books on Demand, Norderstedt

ISBN: 9783752610277
Urheberrechtlich geschützt
Alle Rechte vorbehalten.

C 2020 Heike Fleischer
Illustrationen: Heike Fleischer

Nachdem Matti in „Matti, der kleine Möwerich" seine Flug-
prüfung mit Bravour bestanden hat, geht es in dieser Geschichte nun um ein ganz anderes Abenteuer in seinem
Leben.
Laura, die kleine „Eisprinzessin" gerät unbeabsichtigt
mit ihrer kleinen Schwester in eine ziemlich brenzlige Situation ...
Natürlich geben Matti, Eddi und die Jungs auch diesmal
wieder ihr Bestes.

Und ebenso ist dies wiederum eine frei erfundene Geschichte, die sich genau so oder so ähnlich im hohen
Norden an der Küste, gern auch woanders zugetragen
haben könnte oder es noch kann.

Sie ist, wie schon ihr „Vorgänger", gedacht sowohl für
Kinder, Jugendliche und Erwachsene; als Geschichte eben,
als Gute-Nacht-Lektüre, kleiner Mutmacher oder auch
Erinnerer.

Sie will vermitteln, dass wir alle manchmal an unsere
Grenzen und darüber hinaus gehen können und müssen,
um das scheinbar Unmögliche zu erreichen.
Sie will uns zeigen, dass es immer einen Weg gibt.
Und vielleicht gibt es darüber hinaus noch manches
mehr zu entdecken.

Natürlich wünsche ich allen meinen Leserinnen und Lesern auch diesmal viel Freude.

Herzlich

Heike Fleischer

Matti war ein junger Möwerich, der auf einer kleinen
Insel im Norden aufwuchs.
Mit Hilfe von Eddi und seinen Freunden hatte er kurz
vor seinem „Freiflieger" wertvolle Tricks und Kniffe
der Flugkunst erlernt und sie seit dem immer wieder
eingesetzt und ausgebaut.
Aus den beiden waren richtig gute Freunde geworden.
Dabei war es völlig unwichtig, dass Eddi etwas älter
war als Matti. Sie mochten sich einfach, verstanden
einander und waren füreinander da. Einer war dem anderen sehr wichtig geworden.

Matti konnte von Eddis Erfahrungen lernen, während Eddi die meist einfachere, unkomplizierte Sichtweise Mattis auf die Dinge sehr zu schätzen wusste.

Es kam oft vor, dass die beiden mit den „Jungs" – ihren Freunden – unterwegs waren. Die meiste Zeit jedoch verbrachten sie zu zweit, tauschten sich über dies und das aus; das Neueste eben.
Sie wälzten aber auch die eine oder andere Frage, die mindestens einen von ihnen gerade mehr oder weniger beschäftigte.

Die beiden Freunde flogen meist erst einmal spielend am Strand auf und ab. „Jagen" war derzeit absolut angesagt. Dabei ließ sich immer wieder einer von ihnen hoch oben am Himmel völlig unverhofft ein Stück tiefer „fallen", um dem Anderen nur scheinbar einen Vorteil zu verschaffen.
Dann jedoch, ganz plötzlich, tauchte er aus dem Nichts heraus mit voller Kraft wieder auf und konnte die Verwirrung des Anderen nun tatsächlich für sich als Vorteil verbuchen.
Dabei war es vollkommen egal, wo sie sich fallen ließen: von einer höheren Luftmasse in die nächst tiefere oder gar übernächste, von dem Astwerk sehr hoher Bäume oder Sträucher, oder oben in der Luft verdeckt von den Masten oder Gerätschaften großer Boote, die still und scheinbar unbesetzt von Menschen auf dem Wasser vor Anker lagen.

Seit Kurzem überraschten sie sich gegenseitig durch
das fast lautlose Landen am Boden oder irgendwo im
Gebüsch, was noch schwieriger war. Es gab garantiert
immer einen Überraschungseffekt, je nachdem wie wach-
sam oder schnell der Andere war.
Während Eddi gern die Größe der Menschen ausnutzte,
um vor Mattis scharfen Augen sicher zu sein, hatte
dieser erst gestern überquellende Papierkörbe für sich
entdeckt. Zuerst war es für unseren Freund nur eben
der Schutz, die Deckung, die ihm dort liegende Papier-
und Verpackungsreste gaben. Damit war er kurzzeitig
vor Eddis Blicken sicher und konnte diesen dann laut
jubelnd überraschen.
Mittlerweile hatte er jedoch oft auch Speisereste darin
entdeckt.

Nun gab es zu Haus ganz gewiss immer mehr als genug und gut zu essen, jedoch konnte Matti den vielen
Eisverpackungen nur sehr schwer widerstehen. Unser
junger Freund war tatsächlich auf dem besten Wege,
ein richtiges Schleckermäulchen zu werden.
Diese süßen Verlockungen hatten es ihm angetan,
zumal so etwas zu Haus so gar nicht auf dem Speise-
plan stand. Mattis Mama legte sehr großen Wert auf
gesundes Essen. „Du brauchst genauso starke Augen
wie Flügel, mein Sohn. Und mit quackigen Beinen lan-
det es sich auch nicht wirklich gut!" Mit diesem Argu-
ment gewann sie immer wieder, haushoch.

Heute waren die beiden „Jungspunde" - wie Mattis Papa sie gern nannte, wieder verabredet.

Eddi wartete bereits ein paar Minuten auf seinen Freund, konnte ihn bisher aber beim besten Willen noch nicht entdecken. Wo blieb der denn nur? Das war doch sonst nicht Mattis Art. Der wartete doch meist schon.

Plötzlich rappelte es in dem Papierkorb direkt neben Eddi. Ein paar zusammengeknüddelte Schachteln fielen direkt vor seinen Augen auf den Boden und im selben Moment erschien es ihm, als wäre etwas blitzschnell wie eine Rakete aus dem Korb geflogen.

Eddi blickte erschrocken und etwas hilflos zugleich umher... bis er ein ihm nur all zu bekanntes lautes Lachen erkannte. Es war Mattis Lachen, der seinen Freund mit diesem Blitzstart schon abgehängt hatte, bevor dieser ihn überhaupt wahrnehmen konnte.

Matti jedoch freute sich riesig, Eseinen Freund so über-listet zu haben. Der dagegen brauchte schon einen Mo-ment, um zu realisieren, was da eben geschehen war, erhob sich jedoch ebenso fix und flog Matti hinterher. Als sich Eddi endlich auf Kurs befand, nahm Matti na-türlich das Tempo aus seinem Flug.

Das übermütige Lachen der beiden Freunde war weit am Strand entlang und auch auf dem Wasser zu hören. Eddi meinte nur „Echt krass, Alter!" und blinzelte ihn lächelnd an.

Nachdem sie weite Kreise über dem Meer gezogen hatten, abwechselnd aufgestiegen und abgefallen waren und dabei so richtig ihren Spaß hatten, drehten sie langsam beide wieder Richtung Strand bei. Dabei entdeckte Eddi Laura und machte Matti auf sie aufmerksam.

Laura war ein kleines Mädchen von etwa sieben Jahren, was seit zwei oder drei Tagen neu am Strand war. Eddi war aufgefallen, dass Matti eine Vorliebe für sie zu entwickeln schien. Sie hielt sich oft in der Nähe vom „Iglu" auf, einem sehr originellen und angesagten Cafe, in dem sich meist Touristen Eis, Getränke und viele andere Schleckereien kauften. Laura leerte ihren Becher immer bis auf den Boden und hinterließ nicht den Hauch einer Kostprobe für solche Schleckermäuler wie Matti.

Das hatte ihn irgendwie beeindruckt. Außerdem war ihre Stimme nicht so schrill und laut wie die vieler anderer Mädchen ihres Alters.

Ganz zu schweigen davon, dass sie mit ihren blonden Locken und ihren großen, fast immer strahlend himmelblauen Augen ganz bezaubernd aussah.

„Fast wie ein kleiner Engel!" – meinte Eddi plötzlich leise neben Matti.

„Hmhm!" meinte Matti daraufhin, nun scheinbar völlig abwesend in Lauras Anblick versunken, was so viel wie „jaha" bedeuten sollte.

Eddi war als erster von beiden wieder im Hier und Jetzt. Er bemerkte natürlich die Veränderung an seinem Freund und fragte leise: „Hey, was`n los?"

Als Matti jedoch selbst nach dem dritten „Eh,, Matti!" keinerlei Reaktion zeigte, wurde er energischer: „Eddi an Matti! Eddi an Matti! Kannst du mich hören?"

Dem fuhr daraufhin ein Riesenschreck durchs Gefieder. Er hatte wohl vollkommen vergessen, dass sie sich in der Luft befanden. Matti wäre beinahe zwei, drei „Etagen" tiefer gesackt.

Er konnte gerade noch rechtzeitig reagieren und hatte seinen Flug dafür dann doch erstaunlich chnell wieder unter Kontrolle.

Dennoch kam er seinem Freund noch immer ein wenig abwesend vor als er leise antwortete:

„Ja, sie muss ein Engel sein!"

Eddi sah ihn kurz verwundert an und meinte nur lachend: „Ja und vom Himmel regnet`s heut noch Süßkirschen! Komm mein Freund, lass uns mal nachsehen, was die Jungs noch so alles können!"

Mit diesen Worten übernahm Eddi die Führungs-
position dieses Fluges.
Matti jedoch fiel es scheinbar noch immer schwer,
sich von Laura loszureißen. Nur mühsam und etwas
widerwillig folgte er Eddi.

Es hatte jedoch nicht lange gedauert bis die beiden bei den „Jungs" waren.

Ein gutes Stück vom „Iglu" entfernt, direkt am nächsten Strandaufgang, hatten sie sich alle versammelt. Während ein Teil von ihnen ganz offensichtlich noch nicht recht wusste, was sie am Besten tun wollten, untersuchten ein paar andere gerade einen kaputten Fußball oder besser das, was davon übrig geblieben war.

Vielleicht hatten ihn Kinder am Strand zurück gelassen. Nicht einmal einen Hauch Luft konnte er noch in sich tragen.

„Guckt mal, der ist ja noch platter als `ne Scholle!" – meinte Samuel. Er war ein noch kleiner aber doch aufgeweckter Möwenjunge und machte sich daran, den Ball irgendwie zu öffnen. Irgendetwas musste in das Leder eingedrungen sein. Die darin enthaltene Luft war später weitgehend der Kraft des Wassers gewichen.

Sami, wie sie alle Samuel nannten, ging sehr energisch zur Sache.

Mit dem Schnabel zog und hackte er darauf abwechselnd herum. Matti indessen begnügte sich nicht länger mit dem Zuschauen. Er stellte sich mit seinem ganzen Gewicht auf den „Plattmann", um so für etwas Stabilität zu sorgen und Sami etwas zu entlasten.

Das alles war Eddi natürlich nicht entgangen und so wollte auch er sich das Ganze aus der Nähe ansehen. Schnell war ihm klar, dass sein etwas stattlicheres Gewicht hilfreich sein würde für das Unterfangen der beiden. Und so stellte er sich genau Matti gegenüber. Dabei musste er jedoch aufpassen, um noch genug Platz zu erwischen, damit sein Plan auch gelang.

Inzwischen waren auch die anderen Jungs auf ihr Tun aufmerksam geworden. Ein paar standen direkt um Sami, Matti, Eddi und den Ball herum. Andere betrachteten das Treiben vom Wasser aus. Jeder war jedoch auf seine Weise darauf bedacht, ja nicht zu verpassen, wie das, was einmal ein Ball gewesen war, von innen aussah.

Und mit Bällen hatten sie alle schon ihre Erfahrungen gemacht; meistens waren es nicht die an-
genehmsten.
Wenn eine Möwe, noch dazu eine junge, im Stehen
von einem fliegenden Ball erwischt wurde, konnte
das böse ausgehen. Die Tiere waren Leichtgewich-
te, während so ein Ball sein Gewicht durch die Ge-
schwindigkeit um ein Vielfaches erhöhen konnte.
Das war schon manch erwachsenem Möwerich
zum Verhängnis geworden. Sogar Menschen
schienen manchmal ganz heftige Schmerzen zu
haben, wenn sie ein Ball traf.

Von dem hier schien jedoch keine Gefahr mehr aus-
zugehen. Der anfangs noch so kleine Riss war zu
einem gut sichtbaren Loch geworden und offen-
barte nun schon deutlich das Innere.
Das, was da vor ihnen lag, war völlig unspektakulär,
absolut uninteressant.
„Wie kann nur von solch einem lächerlichen Stück
Leder überhaupt eine derartige Kraft, ja, solch eine
Gefahr ausgehen? Ist ja öde!" – meldete sich der
schlaksige Konrad zu Wort.
Konrad war bei allen nur als „Schlaumeier" bekannt,
denn er musste wirklich ständig und alles mit seinem
nicht immer wirklich besseren Wissen kommentieren.

In diesem Moment erinnerte sich Matti sehr deutlich an die Kräfte, welche ständig die See beherrschten.

Manchmal plätscherte das Wasser ganz still und leise vor sich hin, war kaum Bewegung zu erkennen. Nicht einmal auch nur die Andeutung von einer noch so kleinen Welle...

Und dann, wenn sich urplötzlich der Wind aufmachte... Dann konnte aus all dem ein heftiger Sturm werden, in dem sich die See von einer ganz anderen Seite zeigte.

Jeder von ihnen hatte schon seine eigenen Erfahrungen machen müssen. Ihm, Matti, hatte sein Papa regelrecht eingebläut, immer und überall auf die verschiedenen Richtungen und Stärken der Winde und des Wassers zu achten und diese vor allem auch immer und überall zu beachten.

Niemals, um keinen Preis der ganzen Welt, sollte er das jemals außer Acht lassen.

Bei jeder Gelegenheit musste er diese Worte hören, auch wenn er sie schon in- und auswendig konnte und schon gar nicht mehr hören mochte.

Und Papa wurde auch niemals müde, ihn immer wieder auf seine ganz eigene Art daran zu erinnern.

Matti selbst hatte nicht nur einmal erlebt, wie
schnell das Wetter hier umschlagen konnte.
Gerade dachte er an seinen „Freiflieger", bei dem
er sich urplötzlich ganz allein in einem Unwetter
wieder gefunden hatte.
Genau dieses Bild der Erinnerung hatte er gerade
vor seinen Augen und so antwortete Matti etwas
leise, zugleich aber doch sehr ernst und für alle
 verständlich:„Manchmal ist das, was man sieht, nicht
so, wie es scheint."

Am nächsten Morgen machte sich
unser Freund zeitig auf den Weg
zum Strand. Es war nahezu wind-
still und ein strahlend blauer Tag.

Die Sonne wärmte ihm schon am frühen Morgen das Gefieder und lockte ihn mit der Erwartung eines neuen
Abenteuers , möglichst mit Eddi natürlich aus dem Nest.
Unser junger Freund hatte schon bald den Strandaufgang er-
reicht und schaute sich in der Umgebung um. Da hörte er wie
eine krächzende Stimme seinen Namen rief.
Matti sah sich um und erkannte ein Stück weit entfernt
Samuel, der sich beeilte, Matti noch zu erreichen. Der
blieb einen Moment stehen, um ihn zu begrüßen. Sami
krächzte nun ein noch undeutlicheres „Hey, wo willst`n
drauflos?"
Matti sah ihn irritiert an und fragte lächelnd: „Hey, ist ja
krass! Was hast`n du heut Nacht mit deiner Stimme ge-
macht? Den hörbaren Teil verschluckt oder die ganze
Zeit mit dem Wind um die Wette geschrien?"

Sami sah ihn verständnislos an und krächzte nun nur
noch leiser - „Scherzkeks! Wenn ich das mal selbst
wüsste! Hab wohl zu viel an dem „Plattfisch" geknab-
bert!" - machte den Schnabel zu und ging einfach
allein in eine andere Richtung weiter.

Matti indessen bereute seine etwas angriffslustige Art. Sami war zwar manchmal etwas vorlaut und schoss schon mal ab und zu schnell und gern übers Ziel hinaus. Deshalb war er aber kein schlechter Kerl. Im Gegenteil, mit seiner trockenen und erfrischenden Art sorgte er immer wieder für Spaß unter den Jungs. Besonders, wenn er sich vor Aufregung immer wieder verhaspelte und mit der Zunge am oberen Schnabel anstieß... Das klange aber auch zu komisch.

Sami war es auch gewesen, der Laura zu allererst am Strand entdeckt und die Jungs auf sie aufmerksam gemacht hatte.
Auch er war ein kleines Schleckermaul und wollte unbedingt ergründen, warum sie nur ihren Becher innen immer so sauber schleckte. Dafür musste es

einen triftigen Grund geben. So war er schnell dahinter gekommen, was das Mädchen da so für Köstlichkeiten verspeiste. Das schmeckte auch ihm ganz hervorragend! Von da an trafen sich Matti und Samuel oft in der Nähe der Papierkörbe, auch um darin zu stöbern und die eine oder andere Schleckerei für sich selbst zu ergattern.

Matti mochte das Mädchen ja irgendwie schon von Anfang an, zumal sich ihre Wege öfters trafen. Nicht nur, dass er sie schön anzusehen fand. Nein, auch ihr freundliches Wesen, ihre liebevolle, ungezwungene und offene Art ihren Eltern und der kleinen Schwester gegenüber, berührten Mattis noch junges Möwenherz.

Mit ihrer achtsamen Fürsorge dem kleinen Mädchen gegenüber fühlte sich Matti seltsam an seinen kleinen Bruder erinnert. Der war eines Tages losgeflogen und nie wieder zurückgekehrt. Niemand hatte ihn jemals wiedergesehen oder etwas von ihm gehört.

Gemeinsam mit seinen Eltern war Matti lange Zeit fast unter jeden Strauch gekrabbelt. Hinter jedem Stein, auf jedem Baum und jedem Schiff, überall hatten sie nach ihm gesucht: Vergeblich!

Niemand sagte es so deutlich, aber alle ringsherum vermissten ihn sehr.
Nur Eddi hatte Matti einmal davon erzählt und sich verlegen zur Seite gedreht, als er die Tränen, die sich einfach ihren Weg aus den Augen bahnten, nicht aufhalten konnte.
Der hatte ihm nur schweigend einen Flügel um die Schultern gelegt und leise mit schwacher Stimme gesagt: „Ich glaube, ich habe eine Ahnung, wie sich das für dich anfühlt, mein guter Freund."

Mit seinen Gedanken an diese Erinnerung war Matti inzwischen schon ein gutes Stück am Strand weiter gekommen als er plötzlich genau so schnell wieder an Eddi denken musste.

Eddi, sein wirklich guter Freund. Er war einfach nicht mehr aus seinem Leben weg zudenken. Ja, Eddi … Eddi und überhaupt, wo blieb der denn nur? Sie waren doch verabredet! Er kam doch… ja gut, vielleicht mal einen Moment, schon auch mal ein paar Minuten später. So richtig, wirklich spät kam er aber nie.

.

Gerade wollte unser junger Freund Sami nach Eddi fragen da bemerkte er, dass der fast schon verschwunden war. Matti war so tief in seine Gedanken versunken, dass er den etwas jüngeren Gefährten fast vergessen hatte. Als dieser nun Mattis Suchen bemerkte, krächzte er nur ein undeutliches „Muss jetzt los, Alter!" - winkte noch mit dem Flügel und schlug hinter dem nächsten Strauch Strandhafer einen anderen Weg ein.

Matti indessen blickte sich weiter nach Eddi um. Von dem war weit und breit nichts zu sehen. Dabei fiel Matti jedoch auf, dass schon viele Menschen unterwegs waren. Er hatte plötzlich Schwierigkeiten, die Übersicht zu behalten, besonders aus seiner Perspektive vom Boden aus. Jemanden da zu entdecken erschien ihm nahezu unmöglich. Pah, wozu war er denn ein Vogel!

Schnell hüpfte Matti auf einen Papierkorb, in den eben gerade noch fix eine fast halb volle Waffel mit

Kirscheis geflogen war.
Nur all zu gern hätte unser Freund davon ge-
nascht, jedoch war dafür gerade gar keine Zeit.
Von hier oben aus hatte er nur noch für einen
kurzen Augenblick genug Raum und Zeit, sich in
die Lüfte zu erheben. Und die nutzte er und star-
tete sofort!
Schon stürmte eine Gruppe Kinder auf die Bank
neben ihm zu. Matti war noch im Steilflug auf dem
Weg nach oben, als ihm klar wurde, wie gut diese
Entscheidung doch gewesen war. Bei dem Gewu-
sel dort unten hatte er überhaupt keine Chance,
Eddi zu finden.
Doch auch oben angekommen konnte er ihn nicht
entdecken. Egal, wo er von dort oben aus auch
suchte; am „Iglu", an Bänken, an Sträuchern, Bäu-
men, am Strandaufgang - nirgends war Eddi zu
sehen. Langsam wurde Matti unwohl ums Gefieder.
Er begann, sich um seinen Freund zu sorgen.

Da tauchte plötzlich auch noch neben ihm ein
Schatten auf. Genervt darüber, wer ihm da so nah
ans Gefieder zu fliegen wagte, blickte er wohl
ziemlich grimmig neben sich und sah ...
in die qietschvergnügt blitzenden Augen seines
Freundes.

Dem war es eben genau so ergangen. Auch Eddi konnte unter den vielen Menschen kaum eine Möwe sehen und hatte sich in die Lüfte er-hoben, um seinen Freund von oben aus zu suchen. Schnell hatte er ihn ausgemacht, dann schon eine kleine Weile beobachtet und bewusst zappeln lassen. Bald aber war es genug. Jetzt konnten beide wieder hoch oben am blauen Himmel den Sommer genießen; die Sonne, den Wind und ihre Freiheit. Dabei ließen sie sich abwechselnd immer wieder fallen und schrien ihre Freude an diesem Spiel einfach freiweg aus sich heraus.l

Dabei waren sie in die Nähe eines kleinen Motorbotes gekommen. Gerade hatte Matti es aus den Augenwin-keln bemerkt und erkannte, dass es sich scheinbar nicht von der Stelle rührte. Das Boot schien nicht auf das eingeschlagene Steuer zu reagieren, denn der Kurs war ein anderer. War es manövrierunfähig? Vielleicht blockierte irgendetwas das Ruder, denn das Boot schien überhaupt nicht zu reagieren.

Was war da los? Die Besatzung bestand nur aus zwei Mädchen. Eines war noch sehr klein, etwa vier Jahre, während das andere so etwa sieben Jahre alt sein konnte.

Während Eddi noch dabei war, den Freund mit seinen Fallübungen beeindrucken zu wollen, hatte Matti die Lage auf See blitzschnell erfasst. Es war Laura, seine ungekrönte Eisprinzessin, die mit Xenia, ihrer kleinen Schwester, ganz offensichtlich in eine schwierige Situation geraten war. Spätestens von da an war er hellwach.

Matti selbst hatte schon oft erfahren, wie schnell sich das Wetter auf hoher See ändern konnte. Ihm wurde plötzlich ganz flau im Gefieder. Egal, ob Mensch oder Tier, alle Lebewesen waren gut beraten, den Himmel immer gut im Blick zu haben. Wenn eben noch strahlend blauer Sonnenschein in`s oder an`s Wasser lockte, ganz schnell konnten graue Wolken aufziehen, die sprichwörtlich in Windeseile die Sonne vertrieben und Sturm heranbrachten.

Dann nahm das Wetter seinen Lauf und konnte blitzschnell zur Gefahr für Mensch und Tier werden. Jedenfalls war das offene Meer ganz gewiss nicht der Platz, an dem sich zwei kleine Mädchen allein aufhalten sollten. Schon gar nicht in solch einer Nussschale und erst recht nicht „seine" Laura mit ihrer kleinen Schwester.

Wieso waren die beiden überhaupt allein im Boot? Ihre Eltern oder auch jemand anderen konnte Matti jedenfalls weit und breit nicht entdecken.

Auch die Jungs – wie Matti und Eddi sich selbst und ihre Freunde bezeichneten – hatten Laura inzwischen alle gern.
Anfangs war es nur ihre freundliche Art, die das Mädchen für alle so sympathisch machte. Irgendwann ließ sie plötzlich, immer wenn sie sich in ihrer Nähe aufhielt, mehr oder weniger bewusst einen Rest Eis in ihrer Waffel zurück.
Wenig später wechselten dann auch schon mal kleine Obststückchen den Besitzer.

Wenn manche Menschen Möwen auch oft verjagden oder sogar nach ihnen traten – Laura respektierte sie nicht nur. Nein, sie schien sie sogar zu mögen. Auch, weil sie immer großzügig mit diesen Eisspenden war, hatten die Jungs sie „Eisprinzessin" getauft.
Matti war klar, dass hier schnell etwas geschehen musste. Das Boot war schon zu weit vom Strand entfernt, um von dort Hilfe erwarten zu können. Auch ringsherum war niemand, der den Mädchen hätte zu Hilfe kommen können.
Würden sie noch weiter hinaus aufs Meer treiben, wären die beiden bald verloren. Irgendetwas musste geschehen, aber was? Wer oder was konnte hier helfen?

Das war DIE Idee: die „Jungs", vielleicht konnten die hier helfen!
Mit diesen Gedanken beschäftigt sah Matti nach Eddi, der sich gerade mal wieder waghalsig fallen gelassen hatte.
Matti schrie so laut er konnte: „Hey Alter, hör auf mit dem Quatsch! Sieh mal da unten im Boot – das ist Laura mit ihrer kleinen Schwester. Die brauchen schnell Hilfe!"

Eddi brauchte einen Moment, um zu sich zu kommen und die Situation einschätzen zu können.

Matti indessen ließ sich sofort fallen, um sich mit seinem Freund besser beraten zu können.
Schnell hatte Eddi das Boot mit dem Tau am Bug und dabei den Ernst der Lage erkannt. Mit dem Blick nach unten sagte er zu Matti fest entschlossen: „Du bleibst bei den beiden und ich hole die Jungs. Zusammen ziehen wir den Kahn mit dem Tau an Land. Das wäre ja gelacht; pah, halb gekrächzt, wenn wir das nicht alle zusammen schaffen würden."
Noch ehe Matti darauf antworten konnte, winkte Eddi ihm kurz zu und hatte in einem Atemzug schon abgedreht.

Matti besah sich die Situation von Neuem und das war auch gut so. Es galt auf jeden Fall zu verhindern, dass Laura an dem Tau hantierte oder es sogar löste. War es erst ins Wasser gefallen, hatten sie keine Möglichkeit mehr, das Boot aus eigener Kraft zu bewegen, wenn überhaupt.

Das Ruder selbst musste sich später ein Mensch ansehen.

Unser junger Freund überlegte angespannt, was er von hier oben aus tun konnte. Es half nichts. Jede für ihn scheinbar noch so gute Idee musste er wieder loslassen. Jetzt war es wichtig, das Geschehen von hier oben aus zu betrachten und vor allem, oben zu bleiben. Nur so war er für Eddi und die Freunde gut sichtbar; die Orientierung, die sie brauchten auf ihrer Suche nach den beiden Mädchen.

Es gefiel ihm zwar überhaupt nicht, scheinbar einfach nur so nutzlos seine Position zu halten. Eddis Plan war aber wohl der Beste und so vertraute Matti seinem Freund.

Laura kümmerte sich in der Zwischenzeit um ihre kleine Schwester. Xenia lag auf dem Boden des Bootes und war wohl eingeschlafen. Laura setzte sich zu ihr auf den <Boden des Bootes und deckte sie mit einem Badehandtuch etwas zu. Auch sie hatte wohl erkannt, in welcher Situation sie sich jetzt befanden.
Was war nur geschehen? Sie hatte doch einfach nur einen Platz für Xenia und sich selbst gesucht, an dem sich beide etwas ausruhen konnten.
Das Boot war angebunden gewesen, aber trotzdem musste sich das Tau irgendwie gelöst haben.
Hilflos blickte sie aufs Meer, wohl in der Hoffnung, dass irgendwoher ein Schiff käme, das sie retten würde.

Matti sah von oben, dass Laura sich Sorgen machte. Ihm ging es ähnlich und er wollte ihr irgendwie Mut machen. Vielleicht konnte er ihr zurufen, dass Hilfe unterwegs sei. Gerade als er den Schnabel öffnen wollte, hörte er das leise Pfeifen des Windes. Das gefiel unserem jungen Freund nun gar nicht. Sehnsüchtig suchte er mit seinen Blicken die Gegend nach den Freunden ab.

Wo blieben die denn nur? So sehr er sich auch bemühte, er konnte sie nirgendwo entdecken. Weder am Iglu, noch am Wäldchen an den seitlichen Strandaufgängen und auch nicht ganz hinten in Richtung Hafen konnte er auch nur einen von ihnen ausmachen. .

Auch Laura hatte jetzt die aufziehenden Wolken bemerkt und Matti war klar, dass das die Situation nicht gerade erleichterte. Im Gegenteil, er spürte nur all zu deutlich, dass seine Hoffnung langsam nachließ. Das durfte jedoch nicht geschehen.

„Die Hoffnung stirbt zu allerletzt!" - hörte er seinen Papa immer sehr bestimmt, manchmal auch mit einem Augenzwinkern sagen.. Hier war jedoch kein Platz für`s Blinzeln. Mit diesem Gedanken schaute unser junger Freund noch einmal zum Iglu hinüber. Was war das dort ganz hinten? Täuschte er sich? Waren das etwa … ja, da ganz hinten kamen sie. Das mussten sie einfach sein, denn Stare sahen ja wohl anders aus. Und der da ganz vorne, diesen Flügelschlag hätte er mit geschlossenen Augen erkannt. So flog nur Eddi! Eddi, … der hatte in wohl in kürzester Zeit alle restlos mobil gemacht. Wirklich

verwunderlich war das nicht, denn die Jungs hatten
Laura alle gern. Und wen sie mochten, für den schlu-
gen ihre jungen Möwenherzen so fest und stark sie
überhaupt schlagen konnten.

Eddi hatte ganz bestimmt eine ziemlich genaue An-
sage gemacht, denn er flog schon hinunter zum
Boot. Dort wollte er sich offensichtlich gleich das
Tau schnappen. Matti brannte darauf, endlich nicht
weiter zum Zuschauen und Warten verdonnert zu
sein. Außerdem war es für ihn Ehrensache, gemeinsam Seite an an Seite mit Eddi zu fliegen.

Fast zeitgleich waren sie unten am Boot angelangt. Ohne Zeit zu verlieren, wollten beide sofort das Tauende für die anderen hochhalten. Das gelang ihnen leider nicht auf Anhieb.

Für die Freunde genügten jedoch wieder nur kurze Blicke, um sich zu verständigen. Sie drehten im Nu um, setzten sich kurz auf der äußeren Steuerbordplanke des Bootes ab und langten erneut nach dem Tauende.

Matti und Eddi waren sehr geschickt und geübt darin, etwas mit dem Schnabel zu packen. Dabei schreckten sie auch vor größeren Tauen nicht zurück. Ihre Spiele am Strand, wie auch das „Zerlegen" des alten Fußballs erwiesen sich hier als gute Lehrstunden.

Jetzt jedoch war neben der richtigen Technik auch viel Kraft gefragt, denn das Tau musste sicher und vor allem fest im Schnabel jedes einzelnen liegen. Außerdem lag vor ihnen noch ein gutes Stück Weg, bis das Boot und vor allem die Mädchen in Sicherheit gebracht waren.

Laura erschrak ganz gehörig, als Matti und Eddi plötzlich nach dem Tau schnappten.

Nach ihrem kurzen Stopp auf der Steuerbordplanke erhoben sie sich wild entschlossen. Mit aller Kraft packten sie das Tau mit dem Schnabel und flogen wieder los.

Das Mädchen wusste überhaupt nicht, woher die beiden auf einmal so schnell gekommen waren. Und schon war Eddis laute und kräftige Stimme zu hören: „Los Jungs, wir müssen die Strömung und den Wind nutzen, um den Kahn jetzt schnellstens an Land zu kriegen. Schnappt euch das Tau! Wir können und wir werden das jetzt schaffen. Dafür will ich volle Brumme sehen, von jedem einzelnen von euch. Vollen Einsatz! Zeigt alle, was ihr könnt! Also, auf geht`s!!!"

Mit diesen klaren Worten voller Leidenschaft gab Eddi jetzt den Startschuss und sie alle versuchten sofort, das Tau gut und sicher in den Schnabel zu bekommen. Und es wären nicht die Jungs, wenn dieser Aufruf nicht auch den müdesten Möwerich unter ihnen jetzt hellwach gemacht hätte.

Sofort legte sich jeder von ihnen kräftig ins Zeug und hielt „sein" Stück vom Tau fest im Schnabel. Es war als hätten sie alle genau diese Situation schon mehrfach geübt. Jeder hatte genug Abstand zum Nebenmann, um sich beim Flug nicht gegenseitig mit den Flügeln zu behindern.

Alle stemmten sich mit ganzer Kraft ins Tau.
Und es war echt kein leichtes Unternehmen. Erst
einmal musste das Boot auf Kurs und dann in
Fahrt gebracht werden.
Als ihnen das gelungen war, merkten sie schnell,
dass Eddi Recht hatte. Die Strömung und der Wind
waren auf ihrer Seite.
Das Boot bewegte sich zunächst nur sehr langsam.
Aber es kam mehr und mehr in Fahrt, lag bald voll
auf Kurs zum Strand.

Mit offenem Mund sah Laura den Vögeln nach bis sie erkannte, was deren Absicht war.

Das Mädchen traute seinen Augen kaum. Hoch oben über sich sah sie ganz viele Möwen, die das Boot, in dem sie und Xenia gewissermaßen gestrandet waren, nach Leibeskräften zogen.

Sie alle zogen es vom Meer weg in Richtung Strand. „ ... Das ist ja wie im Märchen." - flüsterte sie zu sich selbst. Dabei spürte sie eine riesengroße Erleichterung als sie sah, dass das Boot langsam aber sicher wieder in die Nähe des Strandes kam. Das wiederum weckte die Hoffnung in ihr, bald wieder >Land unter die Füße zu bekommen.

Laura war bewusst geworden, dass es eine ganz dumme Idee gewesen war, gemeinsam mit Xenia in das Motorboot zu steigen.

Mama und Papa hatten ihr immer eingeschärft, dass sie, Laura, die Verantwortung für beide Mädchen trug, wenn sie gemeinsam mt Xenia unterwegs war.

So hatte sie nicht nur sich selbst, sondern auch ihre kleine Schwester in große Gefahr gebracht. Was wäre nur gewesen, wenn nicht die beiden Möwenjungs und ihre Freunde gekommen wären und... Darüber wollte sie gar nicht weiter nachdenken. Jetzt mussten sie erst einmal wieder beide heil an Land und dann in ihre Ferienpension kommen. Und so weit waren sie noch lange nicht.

Obwohl die Jungs alle gut im Training standen - der Weg verlangte ihnen alles ab. Und es fehlte noch ein gutes Stück bis Laura und Xenia tatsächlich in Sicherheit waren.
Würden sie das schaffen? Und wenn nicht, was wäre dann?

Während absolut jeder der Jungs auch noch den letzten Funken Kraft und Ehrgeiz in sich mobilisierte, besah sich Matti von oben „nebenbei" den Strand.
Ihn ließ einfach das Gefühl nicht los, dass sich die Lösung ihres Problems hier unten am Strand, direkt unter ihren Füßen befand. Und da sah er sie auch schon, ihre Rettung:
Gar nicht weit vom Strand entfernt entdeckte er eine Sandbank, die groß genug für eine sichere „Strandlandung" erschien. Von dort aus konnten die beiden Mädchen zwar nicht ganz mit trockenen Füßen, aber doch sicher an Land gehen.

Das Wasser dahinter war nicht mehr sehr tief, denn er sah Kinder darin spielen, die in Xenias Alter und jünger sein mussten.

Ohne ein Wort verlieren zu müssen zeigte er Eddi mit Blicken und einem kurzen Wink mit dem Flügel, was er soeben entdeckt hatte. Dessen Augen signalisierten ihm sofort mit ihrem hellsten Strahlen – Freude und Erleichterung zugleich. Sie hatten wohl beide die gleiche Befürchtung geteilt und zogen nun sofort noch einmal mit aller Kraft an; ein Ruck, der sich augenblicklich auch auf die anderen Möwenjungs übertrug und dem Boot den letzten nötigen Anschub bis zur Sandbank brachte. Dann ließen sie alle wie auf ein Kommando das Tau aus dem Schnabel fallen; alle bis auf Matti und Eddi.

Die Freunde wollten die beiden Mädchen weder erschrecken und schon gar nicht auf den letzten Metern noch mit dem Tau verletzen, denn das hatte schließlich ein ordentliches Gewicht. Die beiden legten das Tauende so sanft sie noch konnten an seinem früheren Platz auf dem Boot ab und nahmen diesmal auf der Backbordplanke gegenüber von Laura Platz.

Eddi blickte zuerst auf Laura, dann auf seinen Freund. Schnell gab er Matti zu verstehen, dass er den Jungs hinterher fliegen wollte.

Eben erst wurde unserem jungen Möwerich bewusst, dass diese alle gar nicht mehr da waren. Nachdem niemand mehr das Tau ziehen brauchte, hatte sie wohl absolut nichts mehr davon abhalten können, möglichst schnell Land unter die Füße zu bekommen und eine Pause einzulegen. Die hatten sie sich wahrhaft alle mehr als verdient.

Matti konnte gar nicht so schnell reagieren, als
Eddi auch schon verschwunden war.

Er sah Laura und Xenia und war unglaublich froh,
dass sie beide gesund bis hierher gekommen waren. Dabei wurde ihm sehr klar, dass diese beiden
Mädchen ihm wirklich wichtig waren. Seltsam, das
war ihm mit Menschen bisher noch nie so ge-
gangen. Das letzte Stück würden die beiden
Schwestern allein schaffen, da war er sich
ganz sicher.

Unser Freund bemerkte genau in diesem Moment,
wie ein sehr stolzes Gefühl in seinem Inneren auf-
stieg. Ja, er war stolz, sehr stolz auf das, was er da
gerade gemeinsam mit Eddi und den Freunden ge-
schafft hatte. Das waren Freunde, echte Freunde,
auf die Verlass war.
Egal, wie unterschiedlich sie alle auch waren, wenn
sie gebraucht wurden, waren alle zur Stelle, ohne
Ausnahme.
Ihm wurde sehr warm ums Herz doch er wollte
Laura unbedingt noch den weiteren Weg an Land
zeigen.
Da machte das Boot plötzlich noch einmal einen
starken Ruck. Es hatte auf der Sandbank aufge-
setzt.

Laura sah Matti, blickte an Land, auf `s Wasser, dann auf Xenia und hatte verstanden: sie waren gerettet!

Und wie immer, ihre kleine Schwester hatte das Spannendste verschlafen, denn genau in diesem Moment schlug sie die Augen auf, rekelte sich aus dem Badetuch und fragte verschlafen: „Oh, ich hab ja verschlafen! Wo sind wir denn jetzt, Laura? Hab ich was verpasst?"
Die musste nur lächeln und antwortete: „Oh ja, ein paar stattliche und sehr starke Jungs haben uns ein Stück auf einer etwas – hm, sagen wir mal abenteuerlichen Reise begleitet. Aber diese Geschichte sollte wohl unser kleines Geheimnis bleiben. Davon erfahren Mama und Papa besser nicht ein einziges Wort."

„Aber wenn wir hier doch neue Freunde gefunden haben, muss ich die doch auch kennenlernen ." – antwortete Xenia etwas unzufrieden.
„Du hast sie alle hier bestimmt schon mehr als ein mal gesehen. Da waren sie nur etwas weiter weg. Und wir werden sie auch ganz sicher alle nochmal wiedersehen.
Jetzt sollten wir erst einmal sehen, dass wir schnellstens zu Mama und Papa kommen. Bestimmt ist es schon viel zu spät..."

Mit diesen Worten half Laura ihrer kleinen Schwester aus dem Boot und gemeinsam machten sie sich auf den Heimweg.

Während die Jungs in der Zwischenzeit erst einmal versuchten, an einem etwas ruhigeren Ort
wieder zu Kräften zu kommen, wollte Matti noch
ein wenig allein sein.
Unser Freund hatte sich am Strand eine kleine,
Ecke gesucht, in der er ganz mit sich allein sein
konnte. Auch ihm tat es mehr als gut, seinen Flügeln, aber auch seinem Kiefer ein wenig Ent-
spannung zu gönnen.   All zu oft hatten beide -
Flügel und Kiefer - nicht eine so große Belastung
zu tragen.
Jetzt erst fiel ihm auf, dass er von hier aus auch
die beiden Mädchen noch etwas im Blick haben
konnte..
Er hatte gerade begonnen, die Ruhe zu genießen,
da vernahm Matti ein kräftiges Flügelschlagen
erst über und gleich darauf neben sich.

Lächelnd sah er Eddi dort landen. „Wusste ich doch, dass du sie noch nicht aus den Augen lassen kannst. Hat dich – wohl doch schwer erwischt, Alter!" – meinte der ohne überhaupt eine Antwort von Matti zu erwarten und legte dabei seinen linken Flügel auf dessen Schulter
Der wiederum ging auch gar nicht weiter darauf ein und sagte nur: „War ganz schön heftig die Nummer eben, was. Aber, die Jungs haben echt ganze Arbeit geleistet! Voll krass!"
Eddi sah seinem Freund kurz in die Augen und hatte sofort verstanden, dass der jetzt nicht gerade reden wollte. Dennoch meinte er leise: „Jo, wie sie eben so sind; still, aber ganz großartig! Echte Freunde, auf die man sich immer verlassen kann. Darauf sollten wir morgen `ne Ladung – Eis stibitzen, oder?"

Matti erwiderte den Blick nur mit einem Lächeln, legte nun seinen Flügel auf den des Freundes und während sie zusammen den beiden Mädchen hinterher sahen, antwortete er nur knapp:
„Unbedingt!"

Die darauf folgende Nacht brachte für sie alle noch einmal etwas Bewegung.

Nur Xenia schlief tief und fest, während ihre große Schwester lange brauchte, um Ruhe zu finden. Laura war schon klar, dass sie künftig genauer darauf achten würde, in welcher Situation sie sich befand. Das galt besonders dann, wenn sie allein mit ihrer kleinen Schwester unterwegs war.

Sie hatte dieses kleine Wesen viel zu lieb und wenn sie sich durch ihren eigenen Leichtsinn oder ihre Unachtsamkeit verletzen würde, daran mochte Laura überhaupt nicht denken.

Und dann dieser Möwerich mit seinem Freund und erst den anderen ... die hatten sie nicht nur fasziniert. Was diese Tiere da alle für sie getan hatten – Laura fragte sich, ob denn auch die Menschen jederzeit dazu bereit waren, sich so geistesgegenwärtig und entschlossen für andere einzusetzen, ohne zu fragen oder abzuwägen.

Gern hätte sie mit Mama oder Papa darüber geredet. Wenn die beiden jedoch davon erfuhren, ging das nicht nur mit einem heftigen Donnerwetter ab. Das würde Konsequenzen haben und die wollte Laura weder hören noch wirklich zu tragen haben.

Sehr spät erst schlief das Mädchen ein und verbrach-
te eine sehr unruhige Nacht.

Unsere Möwenjungs dagegen träumten von einem
faulen Tag, mit nicht all zu Kräfte zehrendem Spiel,
viel Spaß miteinander und der einen oder anderen
Schleckerei.
Genau das beschäftigte sie auch schon wieder am
nächsten Morgen. Sie alle kamen zwar sehr spät
in den Tag, fanden sich jedoch nach und nach alle
auf oder neben dem großen Findling ein, nicht weit
entfernt vom Iglu.

Natürlich war jeder von ihnen noch sehr beeindruckt von all dem, was da gestern geschehen war; davon hatte sich in jedem von ihnen noch gestern Abend eine Ahnung breit gemacht.

So wunderte es auch niemandem von ihnen, dass die Begrüßung heute nicht so lautstark wie sonst meist ausfiel.
Es vermischte sich plötzlich ein ganz starkes Gefühl aus Stolz und Achtung mit Dankbarkeit und auch Demut. Ja, auch bei Möwen!
Und nicht zu vergessen: die Liebe! Sie alle hatten das Leben zweier Menschenkinder gerettet. Jeder von ihnen hatte schon erlebt, dass Menschen und auch Tiere nicht immer sehr nett zueinander waren.

Ihre Gruppe, diese fünfzehn Möwen, das waren Freunde, die sich nicht alle jeden Tag trafen. Jedoch gab es Dinge, die ihnen allen absolut heilig waren. Dazu gehörte auch, jemand anderem zu helfen, wenn er Hilfe benötigte oder eben in Not war. Und genau das war gestern der Fall gewesen.

Dazu kam die Liebe. Spätestens heute Morgen war ihnen allen klar, dass sie Laura längst lieb gewonnen hatten; der eine mehr - der andere nicht ganz so sehr. Ja, und wer hilft jemandem nicht, den er mag, oder gar lieb hat?

Sie alle waren dann doch noch etwas leiser als
üblich und in das Geschehen des gestrigen Tages
versunken, als natürlich Konrad bemerkte, dass
jemand auf sie zu kam.
Etwas verstohlen stubste er Sami mit dem Schnabel an und deutete mit einem Blick zur Seite.
Der traute seinen Augen kaum:

Da standen plötzlich die beiden Mädchen; Laura
und ihre kleine Schwester Xenia trugen mehrere
Waffeln mit Eis in den Händen und legten sie einfach ein Stückchen neben den Jungs auf den Stei-
nen ab. Während Xenia nur ein paar Schritte zur
Seite trat und dann stehen blieb, ging Laura wieder
zurück in Richtung Iglu. Gleich darauf kam sie mit
zwei weiteren Waffeln zurück; diesmal gefüllt mit
vielen Erdbeeren, die schon von Weitem leuchte-
ten.
Die Verständigung unter den Jungs funktionierte
auch hier wie immer bestens. Alle sahen auf Laura, die nun auch die vollen Erdbeerwaffeln dazu
gestellt hatte und ein, zwei, nein drei Schritte zur

zur Seite ging.

Dann sagte sie nur: „Danke! Danke Jungs! Wenn ihr uns gestern nicht so schnell und mutig aus dem Schlamassel gezogen hättet…"

Laura machte eine kurze Pause und sah ihre kleine Schwester an als sie sagte: „Xenia und ich wollten euch allen Danke sagen und wir … Ich glaube, ihr habt euch die Leckereien mehr als nur verdient."

Nach einer kurzen Pause ergänzte sie: „Und wenn ihr einmal unsere Hilfe brauchen könnt, sagt uns einfach nur Bescheid!"

Die beiden Mädchen traten noch einmal einen Schritt zurück, während sich die Jungs alle etwas unsicher ansahen.

Eddi brach schließlich das Schweigen und meinte nur: „Hm, nun wenn das so ist. Naja, - da lassen wir uns doch nicht lange bitten. Oder was meint ihr, Jungs?"

Und gleich nach dem einen oder andern „hmmm" oder „jo" waren alle Schnäbel in irgendeiner Leckerei verschwunden; bis auf einer: Mattis

Unser junger Möwerich ging ein paar kleine Schritte auf „seine Eisprinzessin" zu. Er wusste, dass Touristen nur für eine bestimmte Zeit hier zu Gast waren und danach wieder die Reise in ihr wirkliches zu Hause antraten. Er wusste nicht, ob er Laura jemals wiedersehen würde.

Aber er wusste nun ganz genau, er hatte erfahren,
dass es auch Menschen gab, die ein Möwerich wie
er, ja – lieb gewinnen konnte.
Und das war sehr sehr viel für unseren jungen
Freund.